PUBLIC IMAGINAIRE

ACTES SUD – PAPIERS
Éditorial : Claire David

Également disponible en livre numérique

Réécoutez *Public imaginaire* de Nora Hamzawi,
le podcast de France Inter en utilisant le
flashcode ci-contre ou sur franceinter.fr

ISBN 978-2-330-15768-5

PUBLIC IMAGINAIRE

DANS LES COULISSES DE MA TÊTE

Nora Hamzawi

AU SINGULIER

Il y a eu le rythme effréné de la tournée, les trains, les correspondances, les trajets en voiture pendant les grèves, les hôtels, les salles dans le Sud, dans le Nord, à l'est, à l'ouest, rentrer chez soi et repartir le lendemain, rejouer, le trac, les coulisses, le trac encore, les siestes en loge, les plateaux-repas parce qu'il n'y a pas de restau ouvert après vingt-deux heures, les brasseries qui servent jusqu'à minuit, les insomnies devant la télé, les petits-déj' au lit, le club-sandwich du *room service*, la literie pas possible, le torticolis du train, le croque-monsieur SNCF, Chante France sur l'autoroute, les chips industrielles en loge, les magazines du Relay, les rafales de vent qui font trembler les vitres de l'hôtel, la photo du public après le spectacle, le contrôleur du train qui demande un selfie, le chauffeur de taxi gare de Lyon qui en a marre des travaux dans Paris, les embouteillages, retrouver son lit pour vingt-quatre heures, repartir pour plusieurs jours et puis plus rien.
Comme si le train s'était arrêté en pleine voie. "Pour votre sécurité, ne tentez pas d'ouvrir les portes",

sauf que la voie, c'est chez nous. Pour l'instant, les portes sont fermées, le train n'est pas reparti. On n'a pas vraiment tenté de les ouvrir.
La temporalité a changé d'un seul coup. On a vu notre propre film passer d'avance rapide à pause, tout en se demandant bien à quelle époque il se situe. Parfois on a l'impression d'être dans un terrifiant film de science-fiction et parfois on se dit que c'est peut-être un retour à l'essentiel, qu'on avait peut-être oublié de respirer, de se poser, de retrouver le temps long, avec, derrière ça, un fantasme de vie radicale à la famille Ingalls. Enfin "essentiel", c'était avant de savoir que cet adjectif allait changer une partie de notre quotidien, et qu'on ne l'était plus. Prendre conscience des minutes, des heures, du silence me rappelle les journées d'été de mon enfance, quand chaque jour se ressemblait, que les amis étaient tous partis, que je n'avais pas l'indépendance pour faire quoi que ce soit et que je n'avais rien d'autre à faire qu'attendre dans ma chambre.
D'ailleurs, j'ai recommencé à considérer ma chambre. Alors que c'était devenu un lieu de transit, où je posais des choses entre deux spectacles, deux sorties, deux rendez-vous, elle est redevenue une pièce à part entière. Je recommence à la considérer autrement qu'en m'affalant sur mon lit pour débriefer la journée, ce n'est plus le lieu où je résume ma vie, mais mon propre lieu de vie. Ça se passe là-bas maintenant. Là-bas et dans ma cuisine aussi parce qu'il faut dire que je cuisine beaucoup. Je me surprends à éplucher des légumes

frénétiquement, avant même de savoir ce que je compte en faire, pour me laisser croire que je suis occupée, par peur sûrement d'affronter le vide. Je passe d'un plat à l'autre, je lave des poêles, je range des casseroles, je m'agite sans arrêt entre l'évier et la planche à découper, j'ai parfois des images de *Jeanne Dielman, 23, quai du Commerce, 1080 Bruxelles* qui défilent dans ma tête. Éplucher n'a jamais été aussi répétitif, aliénant, cinématographique. Chaque fois que j'ai terminé un plat, j'ai une petite angoisse qui monte, je crains qu'on n'ait plus de légumes, pas par peur de manquer de bouffe, mais par peur de manquer de contraintes. Avant-hier ça a fini par se produire, à force de faire des soupes à tout, j'ai épuisé le stock de légumes et avant d'en racheter, j'ai décidé de me mettre au ménage. Depuis des semaines, mes voisins d'en face me regardent laver mes vitres et je sais qu'ils se disent, "Voilà une folle qui désinfecte tout ce qui passe", alors qu'en réalité, la folle cherche juste à combler le vide. Je ne sais pas si mon torchon est une sorte de doudou qui me rassure ou ma nouvelle tenue de scène, mais une chose est sûre, j'ai du mal à m'en séparer.

L'autre soir, mon amoureux, qui m'a vue transpirante en train d'essayer de retirer au Cif une tache sur le sol qui existe pourtant depuis 2011, m'a proposé de me détendre, de prendre le temps pour qu'au moins on en profite un peu. J'ai accepté mais j'ai eu peur. Pourquoi se poser ? Profiter de quoi ? Et si on n'arrivait pas à se détendre ? Et si en fait on n'avait plus rien à se dire ? J'ai eu peur

de moi sans le reste, sans l'agitation, sans la vie à côté, sans les bêtises à raconter, sans les spectacles. On a dîné avec notre enfant puisque maintenant, on a le temps. Je leur ai servi ma ratatouille, mes lentilles, ma soupe de cresson, mon tagine de poulet, mon chili sin carne, mes chèvres chauds, ma tarte à la tomate, mes fèves au citron… Ce n'était plus un repas mais un banquet.
J'ai repensé à notre vie d'avant en avance rapide, à la tournée, aux soirées à la maison chacun sur son portable à manger un plat Deliveroo à même la boîte tout en terminant un mail, aux bisous en coup de vent… Et puis je les ai surpris à table, échanger un regard complice en me voyant amener autant de plats, et je me suis demandé si finalement ce n'était pas ce temps, cette pandémie qui avait transformé notre couple en famille et notre appartement en foyer. J'aurais pu me plonger dans cette réflexion à la fois heureuse et flippante, mais j'ai préféré nettoyer les joints de la salle de bains.
Le soir, je laisse mon torchon dans la cuisine, peut-être que je devrais le prendre au lit, si ça se trouve, ça m'aiderait à m'endormir, parce que j'ai le sommeil agité en ce moment. J'ai vu dans les alertes info de mon téléphone qu'il y avait des articles là-dessus. Ça m'a rassurée, je ne suis pas la seule, pas la peine de cliquer pour en savoir plus. Et puis de toute façon, il n'y a rien d'inquiétant ; si je n'arrive pas à dormir, c'est tout simplement parce que je n'ai besoin de me reposer de rien. De rien du tout, puisque je n'ai plus vraiment de métier, et que je n'ai plus transpiré depuis le 17 mars 2020.

Au début, c'était du repos, puis le repos s'est transformé en manque et le manque en obsession. Depuis le début du chaos sanitaire, j'ai rêvé plusieurs fois de la scène. J'ai fait ce rêve où j'oublie mon texte et j'énumère tous les noms de fruits et de légumes que je connais face à un public stoïque : pommes royal gala, pommes de terre rattes du Touquet, tomates noires de Crimée, pommes golden… Il y a eu celui où je suis trop contente de reprendre mais où je découvre qu'il n'y a que dix personnes dans la salle, masquées, et qu'on m'oblige à jouer avec un chapeau pointu… Dernièrement il y en a eu un autre où je jouais dans une boîte en verre devant Jean Castex.

J'ai rejoué devant un public masqué, distancié, parfois à l'heure du goûter et plus rien ne paraissait absurde. Ça s'est arrêté à nouveau et les insomnies sont revenues.

Et puis une nuit, peut-être la fièvre, ou la santé mentale, si ça se trouve un des symptômes étranges du Covid, je me suis demandé si on ne vivait pas tous dans la même pièce de théâtre. Si on n'était pas tous les personnages de cette pièce *En pandémie*, chacun dans nos huis clos respectifs, à vivre la solitude, à vivre au jour le jour dans l'incapacité totale de se projeter dans quoi que ce soit. À voir notre quotidien mis en scène par des annonces gouvernementales et des conseils scientifiques qui nous expliquent si on sortira à cour ou à jardin ou si on ne sortira plus. Après tout, avec nos masques, on a déjà tous le même costume

et on est à deux doigts de communiquer façon commedia dell'arte.
L'autre jour, à la boulangerie, un type qui portait son masque sous le nez a éternué de toutes ses forces façon J -30 avant le Covid. On a tous été hyper choqués. Enfin quand je dis tous, il s'agit des trois personnes qui étaient là : comme la boulangerie est petite et qu'il faut bien respecter les règles de distanciation, "tous", c'est devenu "moins de six". On s'est fait des très gros yeux complices en penchant la tête sur le côté l'air de dire : "Mais comme il abuse celui-là." On a vraiment fait des yeux énormes parce qu'avec le masque comme on ne voit plus la bouche, il faut bien forcer les expressions, les exagérer pour comprendre l'intention, sinon ce n'est pas clair.
Nos rares interactions sont devenues absurdes. On essaie de vivre des émotions avec ce qu'on a, de créer une complicité autour d'un type qui éternue trop fort, de se réjouir de croiser quelqu'un chez Franprix, ou encore de se féliciter d'être arrivé chez soi pile pour 18 h 01. Nos interactions sont devenues si limitées et nos rêves si petits. Je voudrais qu'on retrouve la temporalité du réel, pour pouvoir se projeter à nouveau, voilà mon plus grand souhait, qu'on sache différencier ce qui est vrai de ce qui est faux, ce qui est fiction de ce qui est réalité, ce qui est dans notre tête de ce qui existe vraiment. C'est grâce à cette frontière qu'on peut continuer d'imaginer. Parce que si on ne comprend plus rien au réel, alors comment fait-on pour rêver encore ?

De mon côté, j'essaie dans mon appartement mais il me tend. Comme je n'ai plus rien à faire, je le scrute toute la journée, je découvre des prises électriques, des lames de parquet qui se décollent et de la peinture qui s'effrite. Ça m'agace d'avoir autant de temps pour l'observer sous toutes les coutures. Et puis la déco me lasse, je trouve l'éclairage pourri, et l'ensemble pas assez chaleureux. Après avoir maté plusieurs comptes Instagram de déco, et des catalogues AM.PM, j'ai trouvé ce qui me rendrait heureuse : un canapé et des rideaux en velours.

J'ai fait savoir ça à mon amoureux qui m'a répondu :

"Laisse-moi deviner la couleur… Rouge ?

— Rouge ou moutarde, je suis pas encore sûre, pourquoi ?

— Parce que tu veux recréer une salle de spectacle à la maison."

J'ai ri, mais j'ai ri. Un fou rire qui m'a fait tellement de bien, "Qu'est-ce que tu peux dire comme conneries toi parfois", et j'ai continué à rire.

Il avait raison. Et mon problème avec l'éclairage, c'était ça aussi. Je voulais une lumière qui crame le visage, qui chauffe la gueule, et en lui expliquant que c'était mauvais pour mes yeux de lire avec si peu de lumière, j'ai commandé un halogène surpuissant sur le site du BHV.

Quelques jours plus tard, quand on l'a reçu, je me suis enfermée dans ma chambre, j'ai allumé à fond et j'ai commencé mon spectacle.

*

Bonsoir à tous, je suis actuellement dans ma chambre et je viens de dire bonsoir à personne. Je ne sais pas si ça s'appelle se réinventer ou juste la folie, mais finalement est-ce que j'ai besoin de savoir ? Est-ce que j'ai vraiment besoin d'avoir une réponse, est-ce que finalement on ne se serait pas habitués à se poser des questions sans avoir de réponse, à parler tout seul, à se demander si tout ça c'est pour de vrai, à se demander si finalement ça ne serait pas un rêve.
Vous les voyez ces rêves où tu sais que tu es dans un rêve mais malgré tout, tu n'arrives pas à en sortir ? Généralement, tout est toujours à peu près normal, tu te balades dans la rue, il y a une ambiance un peu pesante mais bon ça va, et puis tout à coup, une alarme sonne, tu te retournes et oh ! tu vois un poney traverser au passage piétons. Donc toi tu te dis, "tiens bizarre", mais finalement pourquoi pas ; dans le rêve ça ne te choque pas plus que ça, ça fait partie du décor…
Ou cet autre rêve, plus angoissant, celui où tu perds tes dents, qui commence tout doucement.

Au départ, tu es à table avec des amis au restau, le dîner tarde à arriver donc tu t'enfiles toute la corbeille de pain et là, en croquant dans un bout, tu te dis : "Merde, je rêve ou j'ai une dent qui bouge ?" Alors tu fais bouger ta dent, elle bouge bien, elle bouge de plus en plus, puis voilà qu'en fait, hop, elle se décroche. Du coup tu vas aux chiottes parce que bon ce n'est pas très poli d'être à table avec une dent en moins et puis c'est un peu dégueulasse aussi… Là, devant la glace, tu vois qu'il y en a une autre qui bouge, et qui se décroche et encore une autre et encore une autre… Toi tu te dis : "Non mais c'est pas possible, ça doit être un rêve parce que c'est quand même pas normal de perdre douze dents en trois minutes"… Et pourtant tu ne te réveilles pas !!! Tu perds toutes tes dents, tu es là à les accumuler dans ta petite main, à la fin il ne t'en reste plus qu'une et ta seule réaction devant la glace c'est : "Ah ça m'arrange pas du tout ça…"
Eh bien actuellement, dans ma vie et la vôtre, c'est un peu pareil, quand on se refait l'histoire, il y a de quoi se poser des questions : les rues à moitié vides, des gens masqués, certains encore plus bizarres qui le portent au front comme un petit bandana, et puis il y avait un couvre-feu, et pour sortir il fallait remplir un petit papier, et tout ça, ça venait peut-être d'un pangolin, mais on disait que ça pourrait peut-être muter chez les visons, et puis les cinémas, les restaurants, les théâtres complètement fermés… Bon, ce n'est quand même pas hyper réel tout ça. Et pourtant on ne se réveille pas…

Même la temporalité est bizarre. Comme quand on vit ces cauchemars qui durent une éternité alors qu'en fait ce n'était même pas quinze minutes. Bon bah là, ça ne se peut pas que ça fasse bientôt plus d'un an qu'on vive ce truc. De toute façon, on a perdu toute notion du temps, alors qu'est-ce que ça peut bien faire de dater ce délire ? Tous les jours se ressemblent, tous les lendemains sont flous, et là par exemple c'est le week-end et ça ne veut plus rien dire. Ce n'est pas comme si on avait des plans…

Ah si, les courses ! On a le droit de faire les courses pour s'acheter des cadeaux de Noël qu'on aura peut-être le droit de s'offrir si on est sages ! Les courses de Noël en pandémie dans un rayon de vingt kilomètres pendant trois heures, on va être aussi hystériques qu'un candidat de La Roue de la fortune dans le carrousel des cadeaux : "Vas-y là Martine, putain, il reste plus que vingt minutes, prends n'importe quoi, on s'en tape, un tournevis, une gomme, on s'en fout, c'est l'intention qui compte." Le carrousel des cadeaux, je me rends compte que c'est peut-être une référence qui date. Elle date de l'époque où on imaginait que dans les années 2020, les humains se marieraient sur la Lune ou feraient du tourisme spatial, pas des attestations pour acheter un paquet de pâtes.

Enfin je dis ça, mais certains d'entre nous ont encore une vie sociale. Moi, dimanche dernier, on m'a proposé un brunch. C'est une amie qui organisait ça, elle nous a tous tenus au courant par un groupe WhatsApp (on n'en peut plus des groupes WhatsApp) qu'elle a appelé "Petit brunch clandestin", et en gros elle nous proposait de venir bouffer un poulet rôti chez elle "en clandé", parce que son boucher est ouvert et qu'elle a réussi à en commander un. Non mais c'est le niveau zéro de la transgression là, c'est la même transgression que le gars du collège qui dessinait des bites au crayon HB sur la table des cours, ça n'excite que toi ! "Un poulet rôti en clandé" : je crois que je n'ai jamais rien lu d'aussi déprimant de toute ma vie… Le but de la transgression, c'est de vivre un truc de ouf ! Un truc un peu excitant, un truc qui te fait vibrer. Ce n'est pas de la volaille ! Franchement braver les règles pour un poulet rôti du dimanche, c'est comme retrouver ton amant dans une chambre d'hôtel pour faire des sudokus, c'est sinistre, c'est gâché.

Elle, elle était là, hyper contente d'elle : "Avec Nico, pour pas se faire griller, on a commandé un poulet chacun de notre côté pour pas que le boucher trouve ça bizarre qu'on en commande deux et qu'il se doute de quelque chose." La meuf a peur de se faire dénoncer par son boucher… On en est là ? À se créer des petits interdits autour d'un poulet rôti ? Non mais moi je ne peux pas aller à un brunch en ayant l'impression de faire un truc dingue ! Même à quinze ans je faisais le mur pour des trucs plus fous. C'est quoi la prochaine étape ? Se dire qu'on est trop rebelles parce qu'on a bu des boissons gazeuses et espérer que le dirlo Jean Castex ne nous foute pas trois heures de colle ? Non mais sérieusement là !

Jean Castex, deuxième Premier ministre sous pandémie.

On ne sait pas d'où on nous l'a sorti celui-là. Il est tellement loin de nous, loin de ce qu'on vit et de nos réalités, j'ai l'impression qu'ils l'ont trouvé dans une vieille encyclopédie *Tout l'Univers* sur les Mérovingiens et les Carolingiens. Ça se voit qu'il n'est pas fait pour vivre à notre époque, ça le dépasse. Quand tu l'entends, tu te dis : "Arrête de nous expliquer ce qui est essentiel ou pas et va manger une poularde avec Childéric III." Elle est là ta place. Près d'une bonne grosse poularde farcie aux racines, et d'un type qui joue du clavecin. Un grand banquet médiéval dans lequel il se ferait servir pendant qu'un ménestrel lui ferait un petit numéro, alors que nous, pendant ce temps-là, on doit mentir pour bouffer à plus de six, sans divertissement et sans service !

Non mais on ne peut pas se contenter de ce genre de petite transgression. Faut retrouver un peu la notion du désir, faut exiger plus pour soi-même… Parce qu'à force de s'habituer au minimum, on nous fait des gros titres pour nous annoncer qu'on aura le droit d'avoir un sapin pour Noël et nous, on se réjouit ! Non mais merci ! J'espère bien que j'aurai droit à un sapin ! La prochaine étape, c'est quoi ? Remercier papa Noël pour la petite orange qu'il a laissée dans la chaussette ?

Faut dire qu'on est tellement à cran que notre rapport au désir et à l'avenir a changé. Quand on pense qu'on en est quand même à se raconter que c'est cool d'avoir gagné dix-neuf kilomètres dans lesquels se déplacer, on peut se dire qu'on est vraiment à cran. C'est tout notre rapport à l'espace-temps qui est bouleversé. Parce qu'autant au premier confinement on arrivait à peu près à se situer sur une frise chronologique, on voyait un début, on voyait une fin, on comprenait ce qu'on vivait, mais là on est entrés dans une sorte de spirale où mentalement, pour tenir, on s'est obligés à se dire que ça allait peut-être durer encore une éternité. Non mais moi l'autre jour je me suis quand même surprise à dire : "Oh bah 2022, c'est demain !"

Mais parce qu'on a juste besoin d'une échéance maintenant, même si c'est 2022 tant qu'il y a une échéance. Pour les nerfs, ce n'est pas possible ! L'idée même d'être confiné, déconfiné, reconfiné, redéconfiné : pour les nerfs, ce n'est pas tenable. Ma copine Julia, au premier confinement, elle m'avait prévenue, elle avait vu venir le truc, elle m'avait dit : "J'ai peur de regoûter à la liberté, j'ai peur, parce que moi, si tu me déconfines, tu me reconfines plus."

Bon, après, elle a un sacré sens du drame, elle aime bien rendre son quotidien cinématographique. Typiquement, à une époque elle habitait dans un loft que tout le monde lui enviait, elle était hyper malheureuse. Elle était là : "Tu sais ce que c'est que de vivre sans cloison ? Vivre sans cloison, c'est vivre sans cadre, y a que du vide." Elle a fini par emménager dans un petit deux-pièces pas dingue, mais au moins, elle peut claquer des portes.

Après franchement je la comprends sur le déconfinement. On a les boules de reprendre goût à la vie normale et que ça s'arrête. C'est comme un chagrin d'amour. Tu te fais jeter une fois, bon, c'est violent mais tu l'encaisses. Mais tu te fais larguer, le mec revient, et te quitte à nouveau trois mois après, bon là t'es bonne pour une thérapie de dix ans pour te réparer d'un pervers narcissique. De toute façon, j'ai capté, je vis toute cette pandémie comme un énorme chagrin d'amour. Ça fait depuis le 17 mars 2020 que je suis en rupture amoureuse. Ces ruptures atroces, celles où il faut que le type te quitte pour que tu te rendes compte à quel point t'étais bien avant, à quel point t'avais de la chance. Sauf que personne ne m'a larguée, qu'on a tous le même ex et que cet ex, c'est la vie d'avant… En attendant, on se tape une sorte de relation toxique avec le gouvernement qui est un peu devenu notre pervers narcissique à tous. C'est fatigant.

Non mais le fond du problème, c'est qu'on ne sait plus aimer parce qu'on a le cœur brisé. Moi, perso, je bois, je pleure beaucoup, je suis super émotive, je mate des épisodes d'*En thérapie* en boucle, en espérant un jour pouvoir me confier au Docteur Dayan, je me dis, ça ne va pas.

Avant, tu rêvais du sourire en coin de Hugh Grant. En pandémie, c'est quoi ton fantasme ? Qu'un psy t'accueille sur son divan. Terminé le prince charmant ! On n'en a plus rien à foutre, on veut juste un psychiatre maintenant ! Et vite. Voilà où on en est.

Du coup, comme Dayan n'est pas libre, je me suis renseignée sur les étapes du chagrin d'amour sur Doctissimo, et clairement, c'est bien ce que je vis, parce que je les ai toutes traversées.

Le choc ou la sidération. Un pangolin, c'est une blague ? D'où on est confinés, je ne comprends pas là, on va faire l'école à la maison, c'est une blague ? Mais je suis comédienne moi, pas maîtresse !
Le sevrage. Bon, c'est sympa de faire sa propre pâte feuilletée mais quand même ça me manque un peu les restaus…
La colère. Ils ne peuvent pas nous dire une bonne fois pour toutes ?! Ils ne peuvent pas être clairs plutôt que de nous faire patienter là comme des gros cons ?! Rien n'est géré ! Rien ! Je ne sais pas comment c'est dans les autres pays, mais rien n'est géré je te dis !
La nostalgie. En gros, ne pas regarder les photos de ton ex ! Putain, les photos de la vie d'avant dans le portable, elles font mal !!! Hier, après avoir maté toutes les photos de fin de spectacle avec mon public sur de la musique triste, j'ai fini par chialer en tombant sur une photo des douze ans de mon cousin au restau. Pas pour mon cousin que je n'ai pas vu depuis mais pour le restau et les gens que je ne connaissais pas dans le fond.
Je donnerais tout pour entendre la table d'à côté, pour me plaindre d'une trace de rouge à lèvres sur un verre mal lavé. Je donnerais tout pour faire la queue devant un théâtre, entendre le brouhaha des gens qui papotent en attendant et le silence qui se fait quand la lumière s'éteint. Le silence qui a un sens. Pas le silence du néant, mais le silence du spectacle, du frisson, le silence parce que ça commence, pas parce que tout s'arrête.

Je ne veux pas sombrer dans la mélancolie, je sais bien que ça finira par revenir, c'est ce qu'on se répète tous pour aller mieux. Mais quand ? J'ai l'impression qu'on fait trois pas en avant puis dix en arrière, qu'on est dans une sorte de boucle sans fin. Puis tout ce concept de *stop and go* est atroce, c'est hyper frustrant.

Le *stop and go*, c'est l'équivalent du mec qui se retire pendant les relations sexuelles. "Il s'est retiré." Rien que l'expression est sinistre. On se retire d'une élection, on se retire de la vie politique, on se retire du ministère de la Santé pour proposer sa candidature à la mairie de Paris, mais on ne se retire pas de quelqu'un. Quelle horreur. Ça m'a toujours super déprimée ce procédé. Ah, ça vient, ça vient. Eh bah pars !!! Les gens généralement qui pratiquent te disent : "Quoi ? Tu préfères les capotes ?" Alors 1, oui et 2, à tous ces gens-là, vous allez bientôt devoir vous habituer à vous rouler des pelles avec masques, donc les capotes à côté, c'est rien, c'est une seconde peau.

N'empêche, je pense à tous ces célibataires qui avaient décidé de trouver le grand amour cette année, ou juste un plan cul, ou juste un coup d'un soir, ou juste un flirt quoi, quel enfer, l'amour en 2020. Ça se rencontre sur Tinder et ça finit par faire une marche dans un parc en se jurant qu'on n'a jamais été cas contact.

Mon amie Edwige, genre éternelle célibataire qui a toujours eu l'habitude d'être hyper libre et tout, là, elle est paumée. En plus, manque de bol, elle s'était désinscrite de tous les sites de rencontres, c'était sa résolution pour 2020, elle était là : "Non mais moi, au bout d'un moment j'ai besoin de voir les gens pour de vrai, d'être dans le réel, de rencontrer des gens dans les bars, à des teufs." Eh bah elle a eu du nez… Enfin résultat, elle se tape que des livreurs Deliveroo depuis deux mois vu qu'elle ne croise qu'eux. Là, ça devient sérieux avec l'un d'entre eux. Ils sont allés faire le test PCR ensemble pour pouvoir fêter Noël avec la belle-famille. Ça me déprime !

De toute façon, cette pandémie aura été un énorme accélérateur à relations. Toute la phase découverte, séduction, mystère : terminée. Avant tu disais : "Je veux pas aller trop vite, j'ai envie de profiter un peu." Mais là tu veux profiter de quoi ? Comme il n'y a rien d'autre à faire, t'y vas. Tu te rencontres, tu te roules une pelle, une semaine plus tard, tu emménages à deux parce que c'est toujours mieux que d'être seule, et puis au bout de deux mois tu regardes des séries Netflix en survêt en bouffant des pâtes avec un gars que tu connais à peine…

Puis si t'es en couple depuis un moment, ce n'est pas mieux. Ce n'est même plus la routine, c'est un tunnel. Un tunnel dont on ne voit pas le bout, sans le regard des autres sur soi ni sur l'autre. La vie sociale, c'est quand même hyper important pour avoir une perception juste de son partenaire. Ça ne peut pas être que ton partenaire, qu'un père de famille, ça ne peut pas être quelqu'un qui n'existe qu'à travers ton regard. Pour le retrouver en tant qu'homme, en tant qu'individu, on a besoin du regard des autres sur lui. Pour se

souvenir à quel point il est brillant, drôle, et pas juste "logistique", à base de questions chiantes : "On a besoin de quelque chose ? Il faut que je fasse les courses ?"
L'autre soir, alors qu'on était en petite crise conjugale et que je me plaignais qu'on n'avait plus rien à se dire, je lui ai parlé de tout ça. J'ai essayé, pour une des premières fois de ma vie, de dédramatiser. Je lui ai dit que c'était ce huis clos qui était compliqué, et que le manque de vie sociale avait forcément un impact sur nous. Comme il a juste acquiescé mollement, j'ai changé de stratégie très rapidement et j'ai décidé à nouveau de miser sur le drame et, en regardant dans le vide, un verre de morgon à la main, tout en mélancolie et en narcissisme, j'ai lancé : mais moi, avant, quand j'entrais dans une salle de spectacle, on m'applaudissait ! Il a laissé un temps, de politesse, d'aberration ou de désarroi, et m'a parlé avec toute sa rationalité insupportable : "Ça te ferait du bien que je t'applaudisse quand tu rentres à la maison ?" Il a vraiment la même faculté que mon ancien psy à dire les choses d'une façon tellement neutre que tout ce que je ressens paraît totalement névrotique et humiliant. J'ai enchaîné : "Mais pas du tout, je ne suis pas cinglée ! Mais je veux faire rire des gens, je veux qu'on me regarde. Toi, tu ne me regardes pas…" Et petit à petit, sans m'en rendre compte, j'ai commencé à le mettre en concurrence avec mon public et à lui expliquer qu'il ne faisait pas le poids. Dans les pires moments de cette dispute, on a pu entendre des absurdités comme :

“Mais il ne te connaît pas vraiment ton public !
— Et alors ? Il m’aime quand même ! Tu veux dire qu’on ne peut pas m’aimer si on me connaît ?
— C’est pas le sujet ! Mais ça ne fait pas dix ans que tu es avec lui. Tu ne peux pas comparer le regard d’un public avec le mien, je ne suis pas spectateur de ce que tu fais. Et tu ne vis pas ici pour me divertir.”

Après, j’ai un peu pleuré, et j’ai aussi demandé pardon, parce que je me trouvais franchement lourde. J’ai aussi réalisé à quel point ce désir de scène était né d’une faille, et à quel point je ne l’avais jamais théorisé auparavant. J’ai compris le poids d’être seule sur scène, l’urgence de vouloir faire rire, de chercher à dédramatiser à tout prix, et l’envie d’apporter de la légèreté et de la joie. J’ai compris qu’au-delà du truc banal de vouloir être aimée ou désirée, il y a en moi quelque chose qui souhaite être associé à la légèreté, une sorte d’obsession à ne jamais être perçue comme un poids. En réalisant tout ça, en jogging dans mon canapé, après avoir mis en scène cette dispute, je comprenais que si j’avais dit pardon, c’est aussi parce que ma peur panique de ne pas vivre tout le temps la joie me rendait ultra plombante. Il faut dire que c’est difficile de trouver la légèreté. Du coup, pour la libido, c’est hyper compliqué aussi. Perso, j’ai compris très vite, dès le premier confinement, je dirais même plus dès la première semaine du confinement 1, que ça allait être mort. À son troisième aller-retour dans la cuisine à fouiller dans le frigo avec la raie du cul qui

dépasse du caleçon, je me suis dit, c'est mort, ça ne va pas le faire. Bah ouais mais c'est agaçant d'avoir quelqu'un comme ça dans sa vie tout le temps. Ses pas, sa respiration, ses gestes. Et ses questions pour tout et n'importe quoi. Franchement quand t'en viens à demander à quelqu'un de respirer moins fort, on peut estimer qu'on entre dans une crise. Mais il me stresse aussi !
Déjà j'ai l'impression de tout faire dans la maison ! Bah oui parce que lui, il télétravaille, mais moi, je fais quoi avec mes spectacles ? Je mets mes potes sur zoom et je leur fais des blagues toute la journée ? Hein ? Toutes les deux heures, je l'entends me prévenir : "J'entre en réunion." À traduire par : "Je vais monopoliser le salon donc tu seras gentille de te faire discrète et te foutre en silence dans un coin."
Il m'agace avec son télétravail. J'ai l'impression de le découvrir sous un nouveau jour. Vous voyez ce truc où, dans ta vie de couple, tu vois ton mec complètement bourré pour la première fois et que tu te dis : "Mais si ça se trouve, c'est un énorme beauf."
Bah là, c'est pareil. Il fait des blagues de merde ! Pire : il se force à rire aux blagues de ses collègues. J'ai honte de vous le raconter, j'ai honte : l'autre jour, il y en a un qui a proposé qu'ils se fassent tous en même temps "un p'tit café dans sa culotte".
Un p'tit café dans sa culotte.
Non.
Non.
Moi, je ne peux pas.
Je me dis : mais si ça se trouve, ça, c'est le vrai lui. Moi, avant, je le voyais que de dix-neuf heures à

huit heures du mat', mais si ça se trouve, son vrai lui, c'est ça, le mec qui rit au café dans sa culotte. Le soir, il s'est fait engueuler. Je lui ai dit : "Tu peux pas faire ça, tu peux pas rire à ça, moi j'ai l'impression de plus savoir avec qui j'habite là." Il me dit : "Tu voulais quoi ? Que je l'insulte ?" Je lui ai dit : "Bah non, mais je sais pas moi, tu fais semblant de pas avoir entendu." Mais en vrai, dans ma tête, j'ai pensé : évidemment que oui, tu l'insultes !

Ça va ! Il aurait mérité de se faire insulter ! On est en pandémie, on fait du télétravail et lui, il fait quoi ? Il vient injecter de l'humour de bureau dans nos foyers ! Non mais à tous les coups, le mec à beau bosser de chez lui, tous les matins, il se déplace de sa chambre jusqu'au salon avec son costard et sa petite mallette en cuir. Insupportable ! Je ne supporte plus leurs réunions de télétravail. C'est horrible ! Toute la journée, je les entends. Parfois, ils ne se disent rien mais pendant hyper longtemps. "Mmmh… OK OK… Bon les gars… On a fait le tour… Quelqu'un veut aborder un nouveau point, quelqu'un a un truc à dire ?" Mais personne n'a rien à dire putain ! Ça fait une heure que personne n'a rien à dire !

Je n'en peux plus, j'ai l'impression d'avoir ses potes à la maison, sauf que c'est des potes chiants, qu'on est en pleine après-midi et que je ne peux même pas me mettre à picoler. L'autre jour, j'ai craqué, j'en ai eu marre, je me suis ouvert une bouteille de vin blanc. Il y a l'autre là, Greg de la compta, qui m'a vue passer dans le fond avec

mon tire-bouchon et ma bouteille de sancerre à 16 h 10. “Eh ouais désolée, désolée si j’ai pas de vie moi ! Hé ! Santé mais pas des pieds !” Ils m’ont tous regardé hyper mal, genre oh le malaise de la meuf alcoolo et ringarde.
Puis je suis jalouse qu’il bosse et pas moi ! Je lui fais bien sentir je peux vous dire. Toute la journée, après chaque réunion Zoom, je suis là : “Ça va ? Les collègues vont bien ? Ça bosse ?” Dès qu’il ose dire qu’il a un peu trop de boulot, je suis là : “Tu préférerais passer la serpillière peut-être ?” Alors que je ne l’ai jamais passée la serpillière. Je lui dis ça, affalée sur mon canapé, en train de remplir des paniers en ligne de toutes les tenues que je n’achèterais pas et dans lesquelles je m’imagine pour ma vie sociale d’après.
Je suis devenue folle avec le shopping en ligne ! Je remplis et je vide des paniers toute la journée. Je m’imagine dans des robes lamées que je n’ai jamais eues, beaucoup trop maquillée, en train de manger des huîtres à une réception pas du tout Covid *friendly*. Je me projette dans la joie : “Oh Philippe, comment tu vas ? Ouais, plein de bisous, des bises, on en fait combien chez toi ? Dix-sept ? Allez, c’est parti pour dix-sept bises. Qui veut danser un slow ? Irène, je peux tirer sur ta clope ? Bisous bisous bisous !”
Forcément, après, à la maison, ça me semble triste ! D’autant plus que mon amoureux a cette espèce de mauvaise habitude qui consiste à me demander régulièrement : “Quoi de neuf ?”, dès que je rentre, c’est insupportable. Tout d’abord parce

que ça gâche mon entrée, ensuite parce que rien de neuf, et surtout parce que même s'il y avait quelque chose de neuf, c'est une manière hyper paresseuse de prendre des nouvelles.
Du coup, alors que d'habitude je réponds sur un ton passif agressif : "Bah rien de neuf, je suis toujours là, et les théâtres sont toujours fermés comme tu peux le constater", cette fois-ci, j'ai décidé que ça ne se terminerait pas en engueulade et j'ai fait le choix de lui raconter l'anecdote du type qui avait éternué à la boulangerie, soit le dernier truc qui me soit arrivé dans la vie dernièrement : "Bah écoute, je t'ai pas raconté, mais il s'est passé un truc hallucinant en bas l'autre jour. J'étais à la boulangerie et là, y a un mec qui a éternué." Là mon mec me répond : "Mais attend, il était à combien de mètres ? Il t'a touchée ? Je veux dire, t'as reçu des projections ? Il a mis sa main devant sa bouche ?" Je lui dis : "Sa main devant sa bouche ? Mais de quoi tu parles ? C'est dans le coude qu'il faut mettre sa bouche, pas dans sa main, t'as pas entendu parler des gestes barrières, c'est le coude !" Il me dit : "Ça va… La main, c'est toujours mieux que rien."
Non mais là, vraiment, il faut que ça s'arrête. Il faut qu'on arrête là, la main, le coude, STOP. Puis moi, jamais, jamais je n'aurais cru dire un jour : il s'est passé un truc de fou, quelqu'un a éternué à la boulangerie. Jamais je n'aurais cru en arriver là. Mais bon, comme je me faisais chier et qu'il ne nous arrive plus rien, j'ai continué à en faire des caisses. Je lui ai dit : "Tu sais comment ça s'appelle

ce comportement ? Ça s'appelle du mépris sanitaire, voilà comment ça s'appelle ! C'est une manière de dire, je suis au-dessus de vous, peuple masqué, moi, le roi, je méprise la cour et le peuple."

Et après, j'ai enfilé un legging noir et j'ai mimé toute la scène au milieu du salon façon commedia dell'arte, en me déplaçant en pas chassés, en levant une jambe sur chaque réplique comme un flamant rose et en surjouant tous les personnages avec mes petits torchons de cuisine. Quand j'ai terminé mon spectacle, j'ai eu comme une retombée, sans doute la prise de conscience de me battre avec le vide de nos vies. Alors j'ai fait la gueule et j'ai soupiré : "Pfff on se fait chier !!! Je sais pas moi, on pourrait en profiter pour rendre ça plus festif, se raconter des trucs, ouvrir une bonne bouteille, je suis la seule à raconter des trucs !" Sauf que 1, on n'a plus rien à se raconter et 2, chaque fois, il arrive avec un verre de vin à la main. UN verre. Non mais ça va je ne vais pas boire toute seule, c'est hyper insultant.

Non mais je suis à bout ! Du coup, évidemment, il essaie de prendre soin de moi, il est gentil. En ce moment, il s'occupe des courses mais franchement. Ton mec qui va faire les courses, ce n'est pas se faciliter la tâche, c'est comme être au téléphone avec un livreur qui ne comprend pas où il doit livrer, t'as envie de lui dire : "Bon, lâche l'affaire, balance tout sur le trottoir, fous-moi la paix !"

Chaque fois, c'est pareil, avant de faire les courses, il fait son attestation. D'ailleurs, l'attestation :

autant celle de la saison 1, elle avait un truc qu'on prenait au sérieux, c'était limite un document officiel qu'on rangeait entre son passeport et sa carte bleue, autant celles qui ont suivi, c'était quand même une blague. Bref il prend son attestation et après il me dit : tu m'envoies la liste ? Putain mais moi je n'ai jamais demandé une liste à qui que ce soit avant de faire des courses. Peut-être une fois j'avais la flemme, et je lui ai dit : "Pfff je sais pas quoi prendre, je prends quoi ?" Et là il m'a répondu quoi ? "Bah prends ce qui te fait plaisir." Genre pour lui, les courses, c'est une tâche, c'est une mission. Mais pour moi, c'est une promenade, c'est du shopping, je me balade dans les rayons, je regarde les produits et "Oh, cette petite boîte de tomates concassées, elle me ferait trop plaisir ! Oh oui, elle me ferait plaisir, allez je vais me gâter, je vais en prendre deux. Vraiment, je me fais plaisir là !". Je n'en peux plus de votre astuce qui consiste à transformer votre flemme de réfléchir en altruisme ! Vous le faites systématiquement ça ! Pour les vacances, pour les restaurants, pour l'immobilier, tout ce qui concerne l'organisation, chaque fois qu'on reproche à un homme de pas en foutre une, vous êtes là : "Ah non mais je peux m'en occuper, je pensais juste que ça te faisait plaisir de le faire." Je pensais, je pensais… Arrêtez de penser un peu et faites, on se portera toutes beaucoup mieux.

Après, si je dois être honnête, je ne peux pas me plaindre comme ça de ma situation sans dire toute la vérité et la vérité, c'est qu'il a proposé de faire

des trucs à la maison, mais le problème c'est qu'il les fait mal. L'autre jour, il me dit : "Mais je t'ai proposé dix fois de faire à dîner ! Chaque fois, tu me réponds que tu t'en occupes." Bah évidemment que je m'en occupe, mais ce n'est pas parce que j'aime m'en occuper, c'est parce que je n'ai pas envie de bouffer de la merde ! C'est tout ce qu'il me reste moi un bon repas, OK ? Si mon mec c'était Alain Ducasse, évidemment que je ne lui dirais pas que je m'en occupe. Évidemment que je le laisserais m'aider. J'attendrais à table, avec un verre de chambolle-musigny, et je lui dirais : "Mmmh Alain ça a l'air bon ce que tu nous prépares, t'as besoin d'aide ?" Et lui, évidemment, il me dirait : "Non je m'en occupe je m'en occupe." Mais il le sait très bien ça, mon mec. La preuve, avant-hier, il me dit : "Non mais moi c'est vrai que je suis moins compliqué que toi. Moi, des pâtes et une tranche de dinde, ça me va." Et puis surtout, lui, il résume ça par : "Je suis moins compliqué que toi." En gros, c'est moi qui suis compliquée, ce n'est pas lui qui a des goûts de chiottes.
On rêve !
L'autre jour, j'en parle au téléphone à une copine qui me dit : "Mais t'as essayé de déléguer un peu ? Tu délègues pas assez, tu veux t'occuper de tout, faut que t'arrives à faire confiance à tes équipes un peu." La pauvre, à la base elle est manager dans une agence d'évènementiel, là elle est au chômage partiel depuis sept mois, du coup elle projette complètement sur nous. Et puis moi je veux bien, mais j'ai essayé de déléguer, c'est l'enfer. Il faut

tout lui expliquer ! Un soir, je me suis dit, OK je me détends, je le laisse cuisiner. Toutes les trois minutes il rappliquait : “Les oignons je les épluche en lamelles ou en rondelles ?” Trois minutes plus tard : “On est d’accord que je mets de l’huile d’olive dans la poêle ?” Trois minutes plus tard : “T’es sûre que ça cuit quand c’est sur trois les plaques, parce que j’ai l’impression que ça cuit pas.” “MAIS PUTAIN !!! LÂCHE-MOI !!! Fais-moi bouffer un oignon cru, fais-moi boire de l’huile d’olive, j’en ai rien à foutre, mais je t’en supplie, lâche-moi !!! Tu les coupes en forme de cul tes oignons, voilà, en forme de cuuul tu les coupes !” Ouais j’ai craqué mais j’en ai marre aussi ! Non mais je vous le dis le problème ce n’est pas qu’il ne VEUT pas faire c’est qu’il ne SAIT pas faire. L’autre jour, il a quand même osé me demander où était rangé le presse-agrumes ? Comme si le presse-agrumes, c’était mes soutifs et que les placards de la cuisine, c’était mon dressing !!!
Après j’imagine bien que tous les couples ne vivent pas le confinement comme nous, hein. T’en as pour qui ces mois ont été une lune de miel. Ça me tape sur les nerfs ça. Je ne demande pas aux gens d’être malheureux mais putain, qu’ils se tiennent un peu. La semaine dernière, on a entendu nos voisins baiser. Quelle horreur. Cet étalage d’épanouissement. Franchement c’était une agression de baiser comme ça aussi fort alors que nous, on s’agace juste en se disant bonjour. Après, le bon point, c’est que ça nous a aussi ressoudés. On s’est trouvé un ennemi commun,

on s'est mis à balancer sur eux ça nous a fait un bien… Ça faisait tellement longtemps qu'on n'avait critiqué personne à part des gens à la télé qu'on ne connaît même pas, là c'est comme si on recommençait à avoir une vie sociale, comme si on avait dîné avec un couple d'amis chiant. On était atroces ! Tous les soirs, à l'apéro, on balançait sur eux. "L'autre qui va se prendre sa petite fessée avec ses gants Mapa après avoir nettoyé les chiottes." Atroces. On s'est mis à leur inventer une vie sexuelle immonde, à se foutre de leur gueule et nous, tous les soirs, on était là, contents de nous, à se coucher chacun de son côté dos à dos en se disant qu'on était vraiment un couple hyper solide.

Non mais ça va aussi. Ça fait quinze ans qu'ils sont ensemble, ils ont trois enfants, ils sont confinés, d'où ils ont envie de baiser ? À quel moment, quand t'as l'autre dans ton champ de vision toute la journée et que t'as eu le temps de ne pas désirer depuis des heures, à quel moment tu te dis : "Mmh, son petit cul là, j'en ferais bien mon dessert." Personne ne parle comme ça. Je vous prie de m'excuser. Je ne sais pas pourquoi je parle comme ça. Je n'ai plus l'habitude je crois.

L'autre nuit, il a essayé de me peloter, j'ai fait semblant de ne pas comprendre ce qu'il voulait, je lui ai filé la télécommande. La flemme. En plus, du coup, je n'ai pas pu m'empêcher de penser aux voisins et je n'aime pas l'idée de devenir à notre tour le couple dont on parle…

Non, pas de cul.

J'ai l'impression de dire des choses ignobles.
Enfin de toute façon l'avantage avec le public imaginaire, c'est que je ne vous vois pas ! Donc que vous soyez là ou pas finalement…
C'est aussi pour ça que c'est important un public, ça permet de ne jamais se juger soi-même, de laisser ça aux autres. Quand je parle sur scène, je n'ai jamais peur de ce qu'on va penser de moi. Je vis l'instant, et je crois que c'est le seul moment où je peux m'oublier pour être dans la relation.
Enfin, parler seule, c'est quand même mieux que rien. Et puis l'halogène commence à faire effet, ce n'est pas un plein feu mais j'ai quand même quelques petites gouttes de sueurs qui perlent sous ma frange. Ça fait du bien. Sur scène, j'avais horreur de ça, parce que ça ondulait mes cheveux et à la fin du spectacle, je terminais avec une coupe de cocker. Si j'avais su qu'un jour j'essayerais de provoquer ça à nouveau.
Mais bon, faut pas se plaindre, je me sens plutôt bien dans cette chambre. Je me sens un peu seule mais bon, je me sens bien. Disons que ce n'est pas le théâtre que j'aurais choisi quoi, après c'est aussi parce que ce n'est pas un théâtre. C'est juste un peu étroit par rapport à un plateau de scène, c'est à cause de ce lit qui prend toute la place et qui m'oblige à faire des sortes de tours. Enfin si je demande à mon mec qu'on dégage le lit de la chambre je vais lui donner raison avec ses théories de salle de spectacle donc il en est hors de question.
J'aimerais bien retourner dans un théâtre. Pour être totalement honnête, j'aimerais bien retourner

n'importe où tant que ce n'est pas chez moi, ni dans ma rue, ni au Franprix du coin. Ça fait du bien d'être dans un lieu différent, un espace différent. On en a tellement marre d'être chez nous que tout changement de décors est le bienvenu. Moi, c'est simple, dès que je me déplace dans plus de cinquante mètres carrés, j'ai l'impression de partir en rando. Avant-hier, j'avais un rendez-vous chez le médecin, ça a été toute une logistique. Bon alors : ton sac à main tu l'as, bouteille d'eau OK, les clés OK, barre de céréales j'ai… Ah le masque putain, j'allais oublier le masque !

Je ne sais pas, je me sens en vacances, j'ai une énergie, même ma démarche a changé, je fais des grands pas sur les trottoirs pour bien en profiter, pour bien me signifier que j'ai de la place.

On a tellement envie de changer de cadre ou juste de perspective. Nous, à la maison, on en est à se battre pour savoir qui va descendre les poubelles. D'ailleurs je dis même plus "descendre les poubelles", mais "prendre l'air". Ça me donne l'illusion d'avoir un truc à faire, et puis quand ça me fait chier, ça me permet aussi de suggérer des choses à mon mec tout en ayant l'air sympa : "Tu veux pas prendre l'air un peu ?"

Faut dire qu'on a tellement pris l'habitude d'être entre quatre murs, on n'en peut plus ! À observer la vie par la fenêtre, par l'écran, par la télé, mais moi j'ai l'impression d'avoir la même stimulation mentale qu'un poisson rouge, je tourne en rond, je vois passer des trucs, mais c'est flou et je ne comprends rien. Je ne comprends rien,

c'est hallucinant à quel point je ne comprends rien ! Je ne comprends tellement rien, j'ai tout le temps besoin qu'on me répète. Devant les annonces de Macron, c'est l'enfer : "Attends, il a dit quoi ? Attends, il a dit le combien du mois de décembre ? Attends, mais les kilomètres c'est à partir de quand ? Mais il y aura encore un couvre-feu ou pas ? Mais les trois heures, c'est pour tout ou juste pour les trucs dont on a vraiment besoin ? Ah donc on a le droit d'acheter de la merde sans limite d'heures ?" Je n'en peux plus ! Je ne comprends rien ! J'ai l'impression de vivre dans une énorme chasse aux trésors dont les indices auraient été écrits par des gens totalement dyslexiques !
Je ne sais pas si c'est normal de parler toute seule. Ce que je veux dire, c'est que je ne sais pas si c'est inquiétant pour ma santé mentale. C'est peut-être aussi une manière de reprendre possession de moi-même. Avant, quand j'entendais le son de ma voix, ça me mettait hyper mal à l'aise. Aujourd'hui, ça me rassure, parfois je pousse même un petit cri juste pour vérifier que je suis toujours là : ahhhh, et je me sens moins seule. On nous demande de nous réinventer bah moi j'ai réinventé le concept de folie et je formule à l'oral absolument tout ce qui me passe par la tête. Je ne sais pas si c'est triste ou juste contemporain, en tout cas je peux vous dire que ça fait bien chier mon mec.
J'ai soif.
J'ai chaud.
Oh j'ai froid…

Il ne fait pas un peu froid ?
J'ai faim.
Je vais faire pipi.
Ahhhhhhhhhh (étirements). Je vais aller me coucher moi je suis fatiguée.
J'espère que je vais réussir à dormir parce que la nuit dernière j'ai mal dormi.
Insupportable et en même temps avec mon amoureux, on est un peu comme le yin et yang, on se complète, lui, c'est un taiseux qui estime qu'il ne parle pas s'il n'a rien à dire et moi, c'est l'inverse. Ça crée pas mal de problèmes dans nos échanges au quotidien. Beaucoup de tensions, d'incompréhensions. Typiquement, quand moi je lui dis un truc du genre : "Mais tu penses que ça va s'arrêter quand tout ça ?" Lui va me répondre :
"Tout ça quoi ?"
— Tout ça, tout ce bordel.
— Non mais d'accord, mais la pandémie ? La circulation du virus ? La saturation des hôpitaux ?" Toi t'es là : "Mais tout putain ! Tout ce flou-là !" Qu'est-ce qu'il a à me demander des précisions, comme si je passais l'oral du bac, je n'ai pas à structurer mon angoisse dans un plan en trois parties donc tout, bordel, réponds-moi même si tu ne comprends pas la question, quand est-ce que ça va s'arrêter TOUT ça ? Là, généralement, il se ferme et me répond : "J'en sais rien faut regarder les courbes." Il faut regarder les courbes ! Mais si je veux regarder les courbes, je regarde mon ordinateur, je ne te pose pas la question ! Le mec n'a rien compris, je ne lui demande pas de me dire

la vérité, je lui demande de me faire passer le temps !!! De me divertir ! Qu'on papote !!! J'ai envie de papoter !
C'est fou cette incapacité à voyager dans l'irréel, le mec ne me parle qu'en faits, qu'en stats, qu'en courbes ! Le nombre de fois où je lui demande un truc abstrait du genre : "Tu penses qu'on portera encore des masques cet été ?" Et qu'il me répond : "Je sais pas !" Je me doute bien que tu ne sais pas ! Ce n'est pas la question, projette-toi ! Imagine ! Tout le temps sa rationalité, là. Et sur la vaccination qui n'est quand même pas encore totalement au point. Et sur les millions de gens qui ont quand même voté Trump. Putain mais les gens rationnels en ce moment, soit vous vous engagez dans la recherche et la science, soit vous vous la fermez. Heureusement que j'ai des amis avec qui je peux parler pour rien dire ! Heureusement ! Avec mes amis, c'est devenu le cœur de nos conversations, on n'a tellement plus rien à se dire de concret, qu'on ne parle plus qu'en hypothèses et en scénarios. On se fait nos films sans rien savoir, sans rien y comprendre, en même temps il y a bien des gens qui sont invités sur des plateaux télé pour ça et puis on balance notre petite prédiction par téléphone, on a tous notre propre version des faits. Alors attends, attends… Non mais là ils vont nous déconfiner petit à petit ils ne peuvent pas faire autrement, ne serait-ce que d'un point de vue économique, ensuite ils vont retarder le couvre-feu, un mois après, ils le font sauter, ensuite reprise de l'épidémie à cause d'un variant, saturation des hôpitaux

et reconfinement strict pour sept semaines. Là, t'en as toujours un au téléphone qui dit : "Sept semaines ?" Et ça se conclut systématiquement par : "Non mais je dis ça, j'en sais rien, hein. Si ça se trouve, je dis n'importe quoi."

D'ailleurs ça serait assez honnête que les voyants terminent aussi leur consultation de cette manière : "Vous allez rencontrer un homme, cet hiver, je vois qu'il vient de loin, peut-être un ami d'enfance qui aurait déménagé à l'étranger ? Quelqu'un qui travaille dans une ambassade ou quelque chose comme ça.

— Une ambassaaade ???

— Non mais je dis ça, j'en sais rien, hein. Si ça se trouve je dis n'importe quoi."

Et puis il n'y a pas que les amis hein avec qui je fais ça… Dès que je trouve quelqu'un pour papoter, je saute sur l'occasion. Avant-hier, mon voisin du dessous, je le croise au niveau des boîtes aux lettres, je lui ai tenu la jambe une heure. "Ça va ? Ça se passe bien ? La famille, ça va ? Ah c'est pas facile hein, bon tant qu'on a la santé." Il essayait de partir ce con, je le voyais avec sa petite jambe nerveuse, prêt à filer au Franprix, tatata pas question, je n'ai pas fini moi. "La santé, c'est ce qu'il faut se dire, la santé avant tout. Et votre père, il est toujours dans le Sud ? Bon, ça va, là-bas au moins, il a un jardin, il peut profiter… Vous l'embrasserez pour moi." À la fin de mon petit numéro, son attestation était périmée, il a dû la refaire.

Mais putain ! Je ne me reconnais pas, j'ai l'impression de m'être pris quarante ans dans la gueule avec cette pandémie, je passe mon temps à parler à des gens que je ne connais pas. Les commerçants de mon quartier, les pauvres, tous les jours je leur parle comme s'ils étaient mes meilleurs potes. J'ai beau me dire mais arrête, arrête de leur parler comme ça, c'est plus fort que moi, je recommence. “Ça va, c'est pas trop dur ? Ah c'est difficile, puis vous avez des coûts j'imagine, ah bah oui y a les aides mais y a les charges et ouais les loyers, les salariés, non mais le problème c'est qu'on sait pas combien de temps ça va durer, le PGE, vous avez droit au PGE ? Non c'est vrai, c'est sûr, on n'en sait rien” et blablablabla et blablablabla… À répéter la même chose en boucle à chaque commerçant ! Toute la journée ils doivent entendre ça les pauvres !!!

Non mais là il ne me manque plus qu'un petit caniche et un caddie et c'est fait, j'ai trouvé ma voie. Mais parce qu'à force aussi de gueuler pour rien, parce qu'on n'entend pas avec le masque, à être là : “UNE BAGUETTE PAS TROP CUITE S'IL VOUS PLAÎT !” On a vieilli de l'intérieur !!!

Dès qu'on est dans l'interaction, on passe notre vie à gueuler, chez les commerçants, dans les réunions Zoom : “SALUT, ÇA VA ON EST AU COMPLET ?”

Ce Covid, c'est la fin du chuchotement, c'est la fin du secret, de toute façon, ce n'est pas comme s'il nous arrivait quoi que ce soit, c'est le troisième âge avant l'heure. “ÇA VA ? VOUS M'ENTENDEZ BIEN ? VOUS ME VOYEZ BIEN ?”

C'est pour ça là je trouve que c'est un luxe immense de pouvoir chuchoter ce que j'ai à dire. Même à

personne. En même temps, si je déclamais ce texte à voix haute, seule dans ma chambre vide, ça serait assez embarrassant. Mais ça me fait du bien, je suis contente d'entendre le son de ma voix ailleurs qu'à l'intérieur de ma tête, ailleurs que derrière mon masque. Je suis contente de bouger mes lèvres librement et de dire des choses. Cela dit, ça met aussi en avant la solitude de tout ça. Vos réactions me manquent. J'ai presque envie de pousser un cri pour vous imaginer sursauter. Pour qu'il se passe quelque chose. J'ai l'impression qu'on est tous totalement anesthésiés des émotions. Perso très peu de trucs me font réagir en ce moment. C'est comme si je m'étais mise en mode veille, et que j'attendais que ça passe et je passe la plupart de mon temps à penser à rien.
Je crois que c'est la première fois de ma vie que j'expérimente vraiment le fait de penser à rien. C'est étonnant parce qu'en fait je découvre ce que ça veut dire. Moi qui pensais que penser à rien ça voulait dire ne pas penser. Bah en fait pas du tout !!! C'est vraiment penser, réfléchir, mais à rien. Au néant. Je passe de longues heures hyper concentrée mais sur rien. C'est un peu l'équivalent de regarder dans le vide mais pour la pensée. C'est penser dans le vide en fait.
Je suis concentrée concentrée concentrée mais je ne sais pas du tout sur quoi et parfois des bribes de choses de la vie quotidienne réapparaissent, du genre "J'avais jamais remarqué qu'un joint de salle de bains pouvait se fissurer. C'est quoi cette matière ? C'est du silicone ? Ça se fissure ça, le

silicone ? Silicone ? Silicone ? Il est marrant ce mot. Sil-icone. Attends c'est silicone le mot ou pas, on dirait qu'il existe pas ce mot, on dirait, *silly* en anglais *« she is silly »*, et puis « conne » en français, *« oh she's silly* conne *you see »*"… Puis paf à nouveau le néant.

Généralement, c'est le moment où soit je tape "joint salle de bains" sur Google, j'y passe des heures et à deux heures du mat' je ne comprends pas ce que je fous sur un site internet de robinetterie, soit je me lève et je me lance dans un petit ménage. Ménage, je dois le dire, beaucoup moins exigeant qu'au confinement saison 1 où comme on était encore dans la nouveauté, l'inconnu, on se disait que tout ça c'était une sorte d'expérience humaine autour de la redécouverte de son chez-soi… Six mois après, on a bien compris que ça allait faire partie de notre vie et là où on pouvait vraiment prendre un pied dingue à décaper le four en mars 2020, là, juste passer l'aspirateur ça semble être un effort monumental. Parce qu'on est crevés aussi, mentalement on est crevés. Crevés de rien faire. Je suis passée de celle qui faisait la maligne à cuisiner des plats en sauce, à celle qui bouffe dans son lit et qui ne prend même plus la peine d'essuyer les miettes. Côté texture, mon lit n'a jamais été aussi proche de la litière de mon chat.

Au premier confinement, j'étais à claquer, je me prenais pour une candidate de Top Chef à faire des tourtes et des espumas de n'importe quel truc qui traîne, poularde farcie aux racines façon

Jean Castex ! Aujourd'hui je n'en ai plus rien à foutre : au mieux je revisite un plat de notre enfance : coquillettes-jambon. À table. Hop, c'est plié. Et puis alors si je suis seule, je mange carrément dépressif : de la salade, à même le sachet, sans assaisonnement, sans rien. Non mais je suis déprimée là. L'autre jour, j'en parle à une pote, elle m'engueule direct, elle me dit : "Écoute c'est bon maintenant, STOP. On est tous déprimés !" Et alors ? Je ne vois pas en quoi ça me soulage ! Ce nombre de gens qui essaient de dédramatiser en te répétant qu'on est tous dans le même bateau ! Mais c'est justement ça qui est déprimant ! Ce putain de bateau !

Ça n'a pas de sens cet argument du collectif, c'est pile ce qu'il y a de déprimant, c'est pile la raison pour laquelle on est en train de vivre une pandémie !!! Ça n'a pas de sens ! C'est comme si tu partais en croisière, que tu croisais un connard, que tu t'en plaignais et qu'à la réception, on te disait "Écoutez, détendez-vous, y a que des connards sur le bateau, OK ? C'est une croisière de connards madame".

Après, cette pote, elle a vraiment tendance à ne pas supporter la déprime. Ce genre de meuf, tu lui confies une peine, elle, elle te prescrit un médoc : "T'as pris de l'Euphytose ? T'as essayé la rhodiole safran ?" Dans la conversation, à un moment, je lui dis que c'est normal d'être déprimée, que ça commence à être long, que mes amis me manquent, que je n'en peux plus là d'être confinée, que ça fait des mois que je ne fais pas

mon métier, et que la dernière fois que j'ai eu un truc qui ressemblait un peu à du trac c'était pour les résultats de mon test PCR. Elle me répond quoi ? "Mais arrête de répéter ça en boucle confinée confinée confinée, tu n'es pas confinée, tu es chez toi. C'est le mot qui est anxiogène pas la situation." Alors non. Franchement non. Ce n'est pas le mot hein. C'est bien la situation. Franchement ça n'a aucun sens. C'est comme si moi je lui disais : "Arrête de répéter je suis cocue je suis cocue : tu n'es pas cocue, tu es en couple avec quelqu'un d'ouvert et de curieux !"
Non puis ce qui est difficile, c'est que c'est une nouvelle forme de déprime je trouve. C'est de l'émotion en permanence… C'est comme un syndrome prémenstruel mais qui ne s'arrête pas. Un syndrome prémenstruel mélangé à de l'ennui, mélangé à de l'angoisse, mélangé à de l'alcoolisme. En gros, c'est le syndrome prémenstruel bourré face à un mur. Moi je ne sais pas si c'est parce que je commence à avoir l'alcool triste, mais j'ai tout le temps envie de chialer. Je suis tendue, je le sens parce que je serre fort la mâchoire là. L'autre jour mon amie naturopathe me dit : "Bah ouais mais t'es hyper tendue, c'est normal, ça te tire sur les cervicales. T'es soucieuse en ce moment ? Y a un truc qui t'embête ?" Non mais sérieusement ? L'autre elle me pose la question comme ça, en toute légèreté comme si on était en J -30 avant le Covid ? MAIS TOUT, tout m'embête !!
Et puis c'est même pas que ça m'embête, c'est que c'est devenu mon environnement. Un truc

qui m'embête, c'est un luxe, une petite contrariété, c'est un poil dans une quiche lorraine. Là c'est toute la quiche qui est aux poils et si t'as un peu de chance et que tu cherches bien bien bien, que tu racles au milieu des poils, là il y a peut-être un petit lardon qui traîne. "Y a un truc qui t'embête ?" Mais ça ne va pas ? Ça ne va pas !
C'est difficile d'avoir une amie naturopathe parfois. Bon après l'avantage de la pandémie, c'est qu'on ne se voit pas trop. C'est difficile parce que je ne sais pas si c'est dans leur formation ou dans leur nature, mais jamais un mot plus haut que l'autre, jamais de pétage de plombs, toujours cette voix et ce ton qui donnent l'impression qu'elle essaie de m'hypnotiser en douce. Moi trop de douceur en ce moment, j'ai du mal à gérer. Ça me fait chialer. L'autre jour, je l'ai accompagnée promener son chien dans notre quartier, et puis pendant qu'il faisait ses besoins, elle s'est plantée là debout à un mètre de distance de moi, elle a tendu son bras sur mon épaule, elle a des bras hyper longs, je crois que c'est à cause de la danse classique ou un truc comme ça, et elle m'a dit : "Ça va pas toi aujourd'hui, hein." J'ai pleuré. Je ne sais pas si c'est le contact sur mon épaule, sa voix ou son chien qui pissait contre une borne à trottinettes mais ça m'a foutu un cafard. Du coup, j'ai tellement pleuré. J'ai commencé par dire : "Oh bah comme tout le monde j'imagine, on est tous dans le même bateau", et là mon bateau a coulé dans un océan de larmes et de culpabilité et de mots inaudibles et de : "Je suis pas à plaindre, je suis

bien logée et je suis pas… mais c'est juste qu'on sait pas…"

Non, il faut absolument que je règle ce problème d'émotions. Après, je me suis mise à parler de son chien, en disant que c'est quand même vachement émouvant ces animaux qui sont là et qui se rendent compte de rien. Là, elle m'a dit : "Détrompe-toi, ils sentent tout, c'est des éponges, pour eux, c'est vachement dur aussi !" Non mais on arrête oui ! Ils sentent peut-être tout, mais ils ne comprennent rien ! Ils n'ont aucune contrainte à ce que je sache ! Ils aboient sans masques, ils se baladent dans la rue quand ils veulent, tout va bien ! Il n'avait pas un spectacle pour chien en tournée à ce que je sache, si ? Je vais leur foutre moi la distanciation qui les empêche de se renifler le cul, là on verra !

Après j'ai compris que j'étais jalouse de son chien et que ça, ça fait vraiment de moi quelqu'un d'horrible et après, j'ai culpabilisé et j'ai pleuré à nouveau. Bah ouais mais parce que je l'adore Pépite en plus.

Faut que j'arrête de chialer dès que je parle à quelqu'un, ce n'est pas possible. Mais je pense que c'est parce qu'on est en manque de contact, résultat dès qu'on voit un humain ou un chien bah ça sort ! Ça fait du bien aussi un peu de chaleur humaine. Je le sens que je suis en manque d'interaction. Je le sens précisément chaque fois que je rencontre quelqu'un et qu'on se parle beaucoup trop.

Avant-hier, dans le taxi, avec le chauffeur, on a papoté pendant douze minutes non-stop, on s'est parlé de nos vies, du fait qu'on avait vraiment besoin de faire du sport, de l'acné sous le masque, et après on a chanté sur Images, *Les Démons de minuit*, parce qu'il écoutait Chante France. Et chose qui n'aurait pas pu arriver avant cette pandémie, j'ai chialé sur Images. Normalement, enfin avant, je pouvais chialer de nervosité sur Images, ça signait la fin de soirée, un mariage raté. Là, j'ai chialé d'émotion. Dès les premières notes, putain, j'ai su qu'on allait vivre un grand moment ensemble. La musique a commencé et avec le taxi on s'est mis à chanter comme des dingues ! On a mis la musique à fond en se jetant des regards dans le rétro.

Dans mon taxi, à 17 h 40, je me faisais des films sur *Les Démons de minuit* en matant tous les "bail à céder" dans les vitrines et les gens masqués dans la rue, et dans la tête j'avais des images de teufs, de filles en talons aiguilles qui se déhanchent. J'ai eu l'impression de voir toutes mes soirées défiler…

On faisait même les "Qui ça ? Qui ça ?".

Moi, je chantais : "Ils m'entraînent au bout de la nuit."

Et lui : "Qui ça ? Qui ça ?"

Et moi : "Les démons de minuit !"

À la fin de la chanson, on est arrivés chez moi. On était hyper émus et reconnaissants pour cet échange. On a vraiment senti qu'il s'était passé un truc. J'ai eu l'impression de vivre le moment le plus intense de ces douze derniers mois. À un moment, je me suis carrément dit que si ça se trouve, j'étais même tombée amoureuse.

Le mec avait deux fois mon âge, ça sentait le pet dans sa voiture et je n'ai pas vu sa gueule sous son masque, pourtant en fermant la portière j'ai eu l'impression d'être Julia Roberts dans une version un peu *cheap* et française de *Coup de foudre à Notting Hill.* Juste avant de faire mon digicode, je me suis retournée et j'ai vu qu'il était toujours là, alors je lui fais coucou avec la main et lui, il a juste redémarré en m'ignorant. Non mais franchement, ça va ! Le gars lâche des caisses dans son taxi, je ne dis rien, et il me fout un vent comme ça, en deux secondes. Gros con. Voilà. Voilà exactement la description de mon état émotionnel en ce moment.
Un ascenseur émotionnel. J'ai l'impression que c'est ça qui nous attend, après tout ça, un film avec un pitch du genre : après deux ans d'isolement, les êtres humains sortent enfin de la pandémie, quand ils se retrouvent, ils ne savent plus s'ils s'aiment ou s'ils se détestent.
En attendant, une chose est sûre, qu'est-ce qu'on se manque.
Faut dire qu'on est tellement seuls et privés de relations que la moindre rencontre devient extrême. Moi j'avoue qu'avec le confinement saison 1, le confinement saison 2, le confinement saison 3, la distanciation, le télétravail et tout le bordel, je n'en peux plus de voir toujours les mêmes têtes, pire, je n'en peux plus de me voir moi-même et de m'adresser à un écran.
Franchement je préfère encore être devenue la folle du village qui parle à son public imaginaire que

de parler encore une seule fois à un écran. Toutes ces semaines à voir nos gueules, à ne pas savoir si c'est toi que tu dois regarder ou les autres… Non mais parce que soyons honnêtes une bonne fois pour toutes, moi, je ne regarde que moi pendant ces appels ! Je ne regarde absolument pas les autres. Rien à foutre, je m'observe sous tous les angles. Franchement, à ce compte-là, autant se parler au téléphone face à une glace, ça ira plus vite.
En plus, je n'avais jamais trop fait gaffe à ma gueule en selfie : c'est atroce. Personnellement, en contre-plongée, je suis dégueulasse, j'ai appris qu'il n'y avait absolument aucune séparation entre mon menton et mes seins. C'est une seule large couche de peau. C'est un drap de peau, ce n'est même pas un double menton parce que le double menton tu le délimites, c'est un film étirable…
Non puis au-delà de ma gueule, moi, je n'avais aucune envie d'atteindre ce niveau d'intimité avec les gens. Je sais qu'on n'a pas le choix, mais je ne veux pas savoir à quoi ressemble le salon d'un médecin, d'un journaliste, d'un chanteur… Je ne veux pas voir vos chambres à coucher, et encore moins vos bibliothèques. C'est quand même hallucinant tous ces gens qui ont des bibliothèques. Un jour j'ai été appelée pour un live filmé, ça m'a épuisée la prépa. Putain la mise en scène de mon espace personnel, ça m'a épuisée.
Déjà, je n'ai pas de bibliothèque, j'ai un tas de livres sur une table de chevet avec dessus du rhodiole safran, de l'Euphytose, un vieux sachet de tisane Les Marmottes tout sec, mais je n'ai pas LA

bibliothèque, et si t'es en ligne et que t'as pas de bibliothèque, t'es une merde… Du coup j'étais là à essayer de me la construire entre deux étagères PAX Ikea, le casse-tête pour trouver le bon livre, sachant que tes bouquins de lycée genre *Le Père Goriot* et *Thérèse Raquin* ça ne passe pas ! Faut du contemporain, faut Bret Easton Ellis, faut quand même du classique, Proust, et puis faut faire écho à l'époque, *La Peste*, Camus, incroyable comme ça résonne encore… Putain, avant, on mentait sur nos gueules, on se faisait retoucher sur Photoshop pour correspondre à une norme et puis on s'est battus contre ça, et maintenant on doit mentir sur notre intellect pour prouver qu'on n'est pas cons. Évidemment qu'on doit mentir, sinon on ne posterait pas des couvertures de bouquins ou des images de films de Truffaut, on serait tous en Facetime, avec du linge sale, de la vaisselle sale, un livre entamé, avec le marque-page page 10, des tonnes de bouteilles de vin vides, et un enfant qui court cul nu dans la maison parce qu'il a finiiiiiiiiiiiiiiiiiiii.
Henri Dès. Voilà ce que j'ai écouté moi pendant tout le premier confinement ! Pendant que certains se faisaient un confinement bohème à redécouvrir Bach et Chopin parce que la situation était encore inédite et insolite, moi je me suis fait l'intégrale d'Henri Dès.
Ras-le-bol d'être dans l'intimité des gens ! Ras-le-bol des écrans ! C'est ma dermato tiens, en début de mois, qui m'a proposé un rendez-vous en ligne, une téléconsultation. Concrètement ça

va se passer comment ? je vais faire le tour de mes grains de beauté avec ma webcam ? Et toi, avec ta résolution de merde, comment est-ce que tu vas réussir à me dire si c'est bénin, si c'est malin ou si c'est juste pixélisé ???
Je pense qu'il y aura un avant et un après Covid-19. Non mais c'est atroce, j'ai l'impression de m'auto-interviewer. La meuf s'est crue dans "une journée avec" dans *Elle*, alors que personne ne m'a rien demandé. Personne ne me demande mon avis là-dessus, mais là comme une grande, je réponds à ma propre interview mentale. JE PENSE QU'IL Y AURA UN AVANT ET UN APRÈS COVID. Je déteste ce genre de phrase en plus, c'est complètement con de dire un truc pareil, parce qu'évidemment qu'il y aura un avant et un après Covid. Il y a un avant et un après tout et n'importe quoi. Il y a un avant et un après Noël, un avant et un après grossesse, un avant et un après l'été, l'avant il s'appelle le printemps et l'après il s'appelle l'automne. Je ne sais pas de quoi je parle. Mais vous voyez ce que je veux dire, un avant et un après marquant, genre marquant comme Jésus.
Dans les livres d'histoire, il y avait : en 50 avant J.-C., une crue du Nil particulièrement faible provoque une disette en Égypte. Eh bah là il y aura, en J 30 après Covid, le monde entier sombre dans l'alcoolisme, on a mis des bâches sur des rayons, on a fermé les lieux culturels, on se réunit à moins de six et certaines personnes se mettent à jouer des spectacles dans leur chambre vide. Les liens entre les faits n'ont pas été prouvés.

Je ne sais pas pourquoi je parle de livres d'histoire. C'est mon amie attachée de presse qui est obsédée par cette idée. "On vit un truc historique ! C'est historique !" Elle répète ça en boucle. Comme si parce que c'était historique, c'était moins de la merde alors que c'est justement parce que c'est de la pure merde que c'est historique ! Quand je dis qu'il y a un avant et un après, je ne fantasme pas sur les transformations de notre société. Je ne suis pas assez optimiste pour ça. Je n'en suis pas au stade de Houellebecq hein, mais disons que je ne suis pas Nicolas Hulot non plus. Je suis un peu entre les deux. Je suis en train d'imaginer ce qu'il y a entre Nicolas Hulot et Houellebecq, c'est hyper vaste. Presque aussi vaste que la couche de peau qui relie mon menton à mes seins. Non mais disons que je tends à vouloir croire en Hulot mais que mon inconscient, mes cauchemars et ma dépression me ramènent peut-être à Houellebecq.

En même temps, on peut aussi être soi-même non ? Déjà qu'on a été confinés, on n'est pas non plus obligés de se confiner de la tête à adopter tous les mêmes points de vue, à partager les mêmes images, tous les mêmes contenus parce qu'on a la flemme de réfléchir et de trouver par soi-même. C'est quand même dingue ! On a été coupés les uns des autres et pour autant, on ne s'est jamais autant imités. On a tous posté les mêmes choses, maté les mêmes séries Netflix, les mêmes films de Truffaut, cuisiné les mêmes cookies. Le monde entier s'est mis à faire des putains de cookies.

J'ai faim d'ailleurs. J'ai tout le temps faim en ce moment.
Bref je disais quoi ? Ah oui l'après, les transformations de notre société. J'ai une amie comme ça qui est à donf. Elle est là : "Ah mais à la sortie…" "À la sortie." Déjà elle te parle comme si on était tous dans une téléréalité. Et en même temps on peut la comprendre ça a tellement sauté dans nos têtes qu'on s'est tous posé un moment la question, réalité parallèle, rêve, jeu de simulation, téléréalité chacun appelle ça comme il veut…
"À la sortie, il va y avoir une pulsion de vie, les gens vont être comme des dingues, ils vont avoir envie de consommer, de sortir, ça sera les Trente Glorieuses…" Oui enfin si les gens n'ont plus de thunes, qu'ils doivent être masqués et respecter une distanciation sociale, elles vont être belles tes Trente Glorieuses.
Puis les Trente Glorieuses, tout ça, ça marche si t'as gagné la guerre. "Nous sommes en guerre, nous sommes en guerre" : le discours qui n'a servi à rien si ce n'est que deux trois mecs ont décidé de se raser le crâne pendant le confinement saison 1 pour s'imaginer dans *Armageddon*.
Putain elle est belle la guerre, il est beau ton héros avec son crâne rasé, et son masque qu'il a fabriqué avec un vieux slip qui part en guerre avec son petit gel hydroalcoolique.
Enfin l'avantage de ce virus, c'est qu'au moins j'aurais arrêté d'infantiliser mon mec à lui demander s'il s'est lavé les mains toutes les deux secondes, c'est le gouvernement qui l'aura fait à ma place.

Tant mieux si ça peut m'éviter de passer pour une chieuse.
Tiens, ça sent le cramé, je crois qu'un moustique vient de décéder sur l'halogène. Ça me rappelle l'odeur des gélatines qui crament en fin de spectacle. Je crois que je vais pleurer. Non, il ne faut pas sombrer dans la mélancolie, il ne faut pas, pense à quelque chose de positif, il faut que je pense à quelque chose de positif… L'odorat ! Voilà, ça veut dire qu'au moins, je n'ai pas perdu l'odorat et ça, c'est une bonne nouvelle, puisque j'ai été cas contact de cas contact, donc ça veut dire que je n'ai pas le Covid, à moins que je sois asymptomatique. Il est quand même atroce ce symptôme, déjà qu'on n'a plus que des souvenirs, il faudrait maintenant perdre leur odeur.
J'aimerais juste savoir quand est-ce que je vais remonter sur scène. Pas deviner, savoir. L'autre jour, avec mon mec, on se parle de nos angoisses de ne pas pouvoir reprendre nos activités respectives bientôt et lui, à un moment, il me dit : "Moi je pense que les théâtres, c'est pas avant septembre, et jauges complètes pas avant janvier."
Genre le mec hyper plombant avec ses infos de merde là, sorties de nulle part ! Ça lui apporte quoi de me dire ça ? Le gars n'a jamais voulu se projeter dans quoi que ce soit, ni parler pour rien dire quand je le lui demandais et là, subitement, il s'improvise ministre de la Culture. On rêve !
Eh bien contre toute attente, je ne me suis pas du tout énervée, je me suis même surprise à lui

répondre un truc du genre : “Oui bah ça va janvier c’est demain.”
Lui, il répond : “Bah quand même, non, c’est pas tout de suite, sachant qu’on est qu’en mars.”
Je lui dis : “J’ai pas dit que c’était tout de suite, je t’ai dit que c’était demain. Tu comprends les mots ou pas ?”
Il me dit : “Oui excuse-moi mais je comprends le mot demain et c’est pas demain non plus ! En quoi c’est demain ? Tu m’expliques ?”
Là, je lui fais : “Écoute, c’est pas compliqué là, on a déjà fait mars-avril-mai, OK ? Mais à partir du déconfinement, tu peux estimer que le mois est terminé et qu’ils vont lancer un calendrier pour ouvrir petit à petit je ne sais quoi, donc on est déjà en juin. Juin, on va se demander comment ça se passe, on va voir où on en est, ça va passer vite. Après hop, juillet-août, c’est l’été, les beaux jours, ensuite septembre-octobre on reprend en jauge réduite, vaccination à fond, c’est la rentrée, on verra bien, après novembre-décembre. Décembre, c’est Noël, c’est les fêtes, c’est la dinde, et après, hop, c’est déjà janvier. C’est janvier ! C’est déjà janvier.”
Bon, j’avoue, en le disant, ça m’a filé une énorme angoisse, beaucoup de tachycardie et ça m’a paru une éternité… Mais j’ai quand même conclu par : “C’est demain quoi ! C’est janvier, c’est demain. C’est demain janvier.”
Comme une folle.
D’autant plus que ça, c’est la version si tout va bien, parce que s’il y a une énième vague ou un

énième variant ou un énième bug sur les vaccins, là, ça change complètement le calendrier, c'est tu reposes ton cul un 16 juillet et puis tu te relèves, t'as quarante-sept ans.
Non mais ça nous a chamboulés ces derniers mois. On croit que ça va, que ça a été, tu parles, on est tous complètement traumatisés. Toute notre vie sociale s'est transformée en énorme problème mathématique de CE2 : si je vois Thomas et Vincent le 13, mais qu'ils ont vu Hélène le 11, dans la possibilité qu'Hélène ait quelque chose, combien de temps dois-je attendre avant de pouvoir voir Thomas et Vincent en toute sécurité ?
Et puis comme j'ai la flemme de faire le calcul, que je n'ai rien compris à ces putains de temps d'incubation, je décide que non mais laisse tomber on va attendre encore un peu.
C'est insupportable, on est à deux doigts du syndrome de Stockholm là, moi hier je me suis quand même surprise à dire à mon mec, tout émue : tu te souviens quand on avait encore des attestations pour sortir ? Et lui, il m'a dit : "Bah oui oui, je me souviens c'était le mois dernier." Toujours aussi pragmatique celui-là. De toute façon, lui, c'est simple, dès qu'il s'agit de mettre un peu d'émotion dans notre quotidien, il n'y a plus personne.
Après j'en ai retrouvé une très vieille froissée dans la corbeille à papier, et je l'ai serrée fort dans ma main, en regardant par la fenêtre.
J'ai même peur de retourner sur scène, peur d'avoir oublié mon texte évidemment, mais peur aussi

de la sensation, peur de la joie, peur du trac et du vertige, peur de voir tout ce monde d'un coup. Je me dis que si ça se trouve on est devenus comme des petits chatons. Il paraît que quand on accueille un chaton dans un nouvel appartement, il faut lui faire découvrir une pièce par jour, pour ne pas le perturber. Si ça se trouve, c'est pareil pour nous. Enfin il sert peut-être à ça leur calendrier de jauge : 10 %, 30 %, 40 %, ça fait bien un an qu'ils nous infantilisent, si ça se trouve, ils sont carrément passés au stade de nous considérer comme des chatons pas totalement sevrés.

Non mais je suis perturbée, parce que je ne comprends pas ce qu'on peut faire ou pas, ce qui est risqué ou pas. Je ne peux pas aller au Carrefour Market en ayant l'impression de faire quelque chose d'incroyable, ou alors je vais vite devenir complètement conne. Je ne peux pas être fière de moi parce que je ne me suis pas touché le visage, ou parce que j'ai réussi à sentir un moustique qui crame ! Je veux juste avoir une vie normale, des rêves normaux et pas rêver de la normale.

J'en ai marre de sursauter dès qu'un type éternue et d'insulter des gens sous mon masque dès qu'ils portent le leur sous le nez. Mais parce que moi, je le porte bien ce putain de masque, résultat je ne vois rien !

Hier je suis allée chez l'ophtalmo pour commander des lentilles de contact, parce que bon ça commence à bien faire aussi la buée sur les lunettes tout le temps là. Déjà que je n'ai plus de métier, si je pouvais éviter de me transformer en chose, ça

serait sympa. Sans parler du fait que je suis totalement dépendante de la météo, et alors quand il pleut, ce n'est même pas que je suis essentielle ou pas essentielle, je sers juste à rien. Je suis une merde qui se déplace à l'aveugle dans la ville, j'en ai marre putain.
Bref, retour de chez l'ophtalmo, je prends un taxi pour rentrer.
Quand je suis sortie du cabinet, le chauffeur m'attendait en dehors du véhicule et m'a ouvert la portière. Je dois avouer que c'est la première fois de ma vie que j'apprécie autant ce geste. Autant avant, le côté galanterie *cheap* façon bonbon à la menthe, ça me tapait sur les nerfs, autant là, franchement, si on peut m'éviter de toucher une poignée de porte, tu peux être sûr que je te mets cinq étoiles. Après, il a démarré et on a roulé les quatre fenêtres grandes ouvertes pour bien aérer le véhicule alors que ça caillait dehors, et puis sur la route, on a évidemment parlé du virus. Enfin on a parlé du virus, on a raconté n'importe quoi pour faire passer le temps. Lui, le chauffeur il pense que tout ça c'est une mascarade.
Je lui dis : "C'est-à-dire une mascarade ?"
Il me dit : "Une mascarade."
C'est insupportable ça, les gens qui, quand tu leur demandes "c'est-à-dire", te répètent le même mot.
Donc je lui dis : "Mais vous entendez quoi par mascarade, exactement ?"
Et là, il le double : "Une mascarade, une mascarade."

Comme si j'étais débile ! Enfin, en attendant, il porte un masque et il roule les quatre fenêtres ouvertes par neuf degrés.
Bon après, moi, je n'ai pas voulu le contrarier, je trouve que t'as jamais trop envie de contrarier un chauffeur de taxi, je ne sais pas si c'est par flemme de débattre ou par peur qu'il te jette dehors, mais c'est toujours désagréable d'être en désaccord en huis clos avec quelqu'un que tu ne connais pas. Du coup, je lui ai juste dit ce que je dis à tout le monde depuis deux mois : "Écoutez, on verra bien hein." Et lui tout bas il a redit : "Une mascarade."
C'est une mauvaise habitude que j'ai prise depuis le début de cette pandémie, je termine absolument toutes mes phrases par "de toute façon, on verra bien". Soit ça, soit "de toute façon, on n'en sait rien, faut attendre maintenant".
Résultat, je ne me casse plus le cul à essayer de construire une réflexion, à aller au bout d'une conversation ou d'un débat, dès que ça commence à me faire chier, je le sors. Encore hier, j'étais au téléphone, parce que j'ai besoin que quelqu'un vienne réviser la chaudière, et puis le type m'a expliqué que je n'avais pas encore de contrat, qu'il fallait que je choisisse entre le contrat confort avec seulement la révision ou l'autre contrat avec le dépannage des pièces, je ne me suis pas fait chier, je lui ai répondu : "De toute façon, on n'en sait rien, faut attendre maintenant." Ça l'a pas du tout choqué, il m'a dit : "Oui oui, vous avez raison, on ne sait pas ce qu'il va se passer." Je vous dis on est tous en pilote automatique. TOUS.

En raccrochant, je me suis dit que ça devenait quand même un peu flippant niveau santé mentale tout ça, et qu'il faudrait peut-être que je revoie mon psy. Alors j'ai hésité à l'appeler, j'ai hésité, hésité, hésité… En ce moment, j'hésite énormément, c'est mon petit luxe pandémique, comme je n'ai rien de particulier à faire, je prends bien le temps de peser le pour et le contre, pour prendre la bonne décision. Je le fais pour tout. Pâte ou riz, mmh j'hésite. En même temps, on a mangé du riz hier, mais les pâtes, c'est bon aussi, mais le riz c'est peut-être plus sain. Et pour le psy, j'ai hésité… Est-ce que j'ai vraiment envie de me relancer là-dedans ? Est-ce que ce n'est pas humiliant et prévisible de le revoir pile quand tout le monde va mal ? Ou alors j'en vois un autre mais s'il faut tout lui raconter depuis le début c'est relou. Et pour lui dire quoi : en fait depuis quelque temps, je ne sais pas si c'est moi, mais je trouve que le monde est un peu bizarre… Puis bon, c'est un budget…

Et puis en vrai de vrai, en ce moment, j'ai vu sur Doctolib qu'il fait ses rendez-vous en visio sur un logiciel que je n'ai pas, et pour l'installer il faut que je fasse la mise à jour de mon ordi, et ça, la mise à jour de l'ordi, je ne peux pas quoi, c'est ma limite, je ne peux pas la faire et comme ça fait deux ans et demi que je reporte, symboliquement ça me saoule de faire une mise à jour pour une téléconsultation avec un psy.

Non puis au-delà de ça, la réalité, c'est juste que je l'ai identifié mon problème. J'ai l'impression de vivre dans une réalité parallèle. On entend parler du monde d'avant, du monde d'après, moi j'ai le sentiment de vivre dans le monde d'à côté. D'à côté de la plaque, d'à côté de tous mes repères, d'à côté de la vie réelle. Je n'ai jamais été autant à côté de mes pompes, je n'ai jamais eu le sentiment si fort de ne rien comprendre à rien. Et je crois que le plus flippant, c'est que je ne suis pas certaine que qui que ce soit comprenne mieux que moi. Je me sens toujours extérieure à tout, quand je me balade dans la rue, j'ai l'impression que tout est irréel et que je flotte, comme si j'étais toujours un peu bourrée, sauf qu'en vrai, je suis un peu bourrée.

Je lis des choses que je ne comprends pas. Ce n'est pas que je ne comprends pas les mots, hein. Je ne comprends pas le raisonnement. Genre ce truc de rayons essentiels et non essentiels, je ne comprends pas. La semaine dernière, je n'ai pas pu m'acheter une pince à épiler au supermarché parce qu'ils avaient mis un gros scotch dessus ! Ce n'est pas grave hein, mais je ne le comprends pas ! J'étais là, debout face au putain de scotch noir, et à ma gauche, il y avait du thon en boîte et en face la pince à épiler, et je me disais là à gauche, t'as le droit, en face, t'as pas le droit, à gauche, t'as le droit, en face, t'as pas le droit, mais enfin c'est insensé ! Non mais je ne sais pas moi, Jean Castex il n'a jamais joué à "si t'étais seul sur une île déserte tu prendrais quoi avec toi" ? Parce que s'il y avait joué, il aurait su qu'a priori tout le monde répond un livre et une pince à épiler et pas un paquet de pâtes et du PQ.

J'ai l'impression d'être une enfant entourée d'adultes qui n'ont pas la réponse. J'ai l'impression que mon cerveau subit le même choc et la même anxiété que quand je pense à l'infini et à l'univers. Je me souviens que quand j'étais ado, et que je faisais des mini-crises d'angoisse en lisant ces histoires de géométrie dans l'espace et d'hypoténuse, je me rassurais en me disant, ce n'est pas grave, il y en a au moins qui savent de quoi on parle.
Aujourd'hui encore, je suis à la recherche du premier de la classe en réactualisant les news de mon iPhone toutes les minutes. Il est où le surdoué de 4e B qui résolvait tous les problèmes avant tout le monde, il planche sur un vaccin ou pas ? Il lance quand la phase 4 chez Pfizer ?
Toute la journée, quand je vois mon mec sur son téléphone, je suis là comme un petit chien derrière lui : "Alors alors, y a du nouveau, ils disent quoi ? Y a un truc ?"
Comme s'il allait me dire : "Ça y est, tout est terminé ! C'est fini tout ça !"
Et moi je dirais : "Attends, tout ça quoi ? La pandémie ? La circulation du virus ? La saturation dans les hôpitaux ? Les variants ? Les mutants ? Les triples variants ?"
Et lui me dirait : "Tout ! Tout ça, tout ce bordel !"
Et on ouvrirait une bouteille de champ et on ferait l'amour plus fort encore que nos voisins dégueulasses !
Pfff ça se termine quand ce bordel sérieusement ?
Hier, pour payer ma boîte d'Euphytose, j'annonce que je n'ai pas le sans-contact. Le pharmacien

m'a regardée comme si j'étais une dépravée. Une dépravée ! "C'est pas grave, on va faire sans." Il me dit ça en me tendant sa machine avec son gant en latex et son mépris comme si j'étais super contaminatrice et comme si j'organisais des clusters clandestins dans une chambre de bonne juste parce que mon sans-contact ne marche pas ce CON ! "Bah ouais vous allez faire sans ouais, moi je fais bien sans public, non ? Vous connaissez pas ? C'est presque comme le spectacle vivant mais c'est du spectacle mort, c'est ça que j'organise dans ma chambre." Il s'est tu et il a fait les gros yeux au type derrière moi en penchant la tête sur le côté. J'ai dit : "Ça va, ça va, je la connais la complicité façon commedia dell'arte, hein !"

Il m'angoisse aussi son sans-contact, je le détestais déjà avant, mais alors là, il symbolise toute la solitude qu'on est en train de vivre, et le pire c'est qu'il a été créé avant le problème !

On a tellement voulu gagner du temps, on ne savait pas à quel point on allait en perdre. Tout n'a été que solitude du confinement au couvre-feu, en passant par le fait de ne plus respirer que sa propre haleine. Je ne sais pas ce que c'est que cette nouvelle sensation que je ressens, ce n'est pas que je me suis habituée, mais plutôt que je me suis automatisée. Je fais des gestes mécaniques, prendre mon masque en sortant, le retirer à deux doigts quand je rentre, me désinfecter au gel hydroalcoolique, checker avec les coudes pour dire bonjour, commencer tous mes mails par "bonjour, j'espère que vous allez bien malgré les circonstances actuelles", dire bonjour de loin, parler côte à côte plutôt que face à face, parler dans la même direction, parler pour ne rien dire, parler toute seule, parler à un public imaginaire.

DANS LA MÊME COLLECTION

Felwine Sarr, *Traces*, 2021.
Jean-Michel Djian, *Rimbaud en feu*, 2021.
Scali Delpeyrat, *Je ne suis plus inquiet*, 2020.
Élise Noiraud, *Élise*, 2020.
Paul Verrept, *Raz de marée* suivi de *Marée basse*, 2020.

OUVRAGE RÉALISÉ
PAR L'ATELIER GRAPHIQUE ACTES SUD
REPRODUIT ET ACHEVÉ D'IMPRIMER
EN SEPTEMBRE 2021
PAR L'IMPRIMERIE CORLET
À CONDÉ-SUR-NOIREAU
POUR LE COMPTE DES ÉDITIONS
ACTES SUD
LE MÉJAN
PLACE NINA-BERBEROVA
13200 ARLES

DÉPÔT LÉGAL
1re ÉDITION : OCTOBRE 2021

N° impr. : 21070270

(Imprimé en France)